AF363993

VENTE DU LUNDI 1er MAI 1911
HOTEL DROUOT, SALLE Nº II
A DEUX HEURES

BRONZES D'ART

ET D'AMEUBLEMENT

Principalement des Maisons Barbedienne, Houdebine et Susse

STATUETTES, FIGURINES, GROUPES
PAR FRÉMIET, BARYE, MÈNE ET AUTRES

Porcelaine et Céramique — Pendules, Objets variés

TABLEAUX

PAR DEFAUX, ENGEL, HYON, INNOCENTI, ETC.

MEUBLES ET SIÈGES

Appartenant à M. D... et à divers

EXPOSITION PUBLIQUE
LE DIMANCHE 30 AVRIL 1911
De 2 heures à 6 heures

COMMISSAIRE-PRISEUR	EXPERT
Mᵉ GUSTAVE LARBEPENET	M. GEORGES GUILLAUME
23, rue de Choiseul	13, rue d'Aumale

CONDITIONS DE LA VENTE

Elle sera faite au comptant.

Les adjudicataires paieront *dix pour cent* en sus des enchères.

L'exposition mettant le public à même de se rendre compte de l'état et de la nature des objets, aucune réclamation ne sera admise une fois l'adjudication prononcée.

Paris — imp. de l'Art. CH. BERGER. 41. rue de la Victoire.

DÉSIGNATION

Objets appartenant à M. D.

TABLEAUX

DEFAUX (A.)

1 — *Les Canards.*

    Panneau. Signé à droite en bas.

HYON (G.)

2 — *Le Départ du quartier.*

INNOCENTI

3 — *Scène de cabaret.*

    Panneau. Signé à droite en bas.

PERAIRE (P.)

4 — *La Barque sur l'étang.*

5 — *La Seine à Saint-Denis.*

6 — *La Mare.*

7 — *Bords de rivière.*

    Quatre toiles peintes dans des cadres dorés.

POÏLLEUX-SAINT-ANGE

8 — *Le Pressoir.*

    Signé à droite en bas et daté : *1893.*

PORCELAINE, CÉRAMIQUE ET DIVERS

9 — Paire de vases en porcelaine gros bleu de Sèvres, à réserves de personnages et de paysages ; montures en bronze ciselé et doré.

10 — Paire de vases en porcelaine bleue, genre Sèvres, à réserves d'oiseaux et de personnages ; montures en bronze ciselé et doré à mascarons et pommes de pin.

11 — Vase-rouleau en porcelaine de Chine, à décor d'animaux et de réserves, sur fond noir.

12 — Figurine de chat japonais en porcelaine blanche.

13 — Groupe de coqs japonais en porcelaine décorée.

14 — Paire de vases simulés, de forme ovoïde, en porcelaine décorée à personnages.

15 — Paire d'amphores en faïence italienne, à mascarons, guirlandes et cariatides de femmes.

16 — Paire de potiches couvertes en faïence, à décors hollandais en réserve, sur fond polychrome.

17 — Paire de potiches couvertes et lobées en faïence, présentant des lambrequins et fleurs multicolores, sur fond blanc.

18 — Paire de vases à anses en céramique, à décors de fleurs jaunes et de papillons sur fond violet.

19 — Paire de grands vases à anses en céramique, à décors de coquelicots sur fond vert foncé.

20 — Paire de bouteilles à anses, en céramique, à décors de fleurs sur fond vert pâle.

21 — Paire de vases en céramique, à décor de fleurs sur fond vert pâle. Signés : *Valter*.

22 — Buire en émail flammé, à réserves de médaillons fleuris, sur fond vert.

23 — Coffret en biscuit décoré, à draperies, amours et fleurs.

24 — Quatre vitraux, de couleur, à personnages.

25 — Plateau à pans en métal argenté, ciselé et gravé, à rinceaux et personnages. Travail indien.

BRONZES D'ART
ET D'AMEUBLEMENT

26 — Deux statuettes en bronze, se faisant pendant : Vieille garde, Soldat de la 32ᵉ demibrigade. *Édition Susse.*

27 — Deux statuettes en bronze, se faisant pendant : La Pêcheuse de crevettes, le Petit pêcheur à la ligne. *Édition Susse.*

28 — Deux statuettes en bronze, se faisant pendant : Pastorales Watteau, par A GAUDEZ. *Édition Houdebine.*

29 — Deux statuettes en bronze, se faisant pendant : Duguesclin et Bayard. *Édition Barbedienne.*

30 — Deux statuettes en bronze patiné de pêcheurs, se faisant pendant, par PICAULT.

31 — Statuette en bronze : l'Angelus, par E. PEYNOL. *Edition Houdebine.*

32 — Statuette en bronze doré : Le Fauconnier. *Edition Susse.*

33 — Autre statuette de fauconnier à cheval. *Edition Susse.*

34 — Statuette de Saint Georges en bronze doré, par Frémiet. *Edition Barbedienne.*

35 — Statuette équestre de François Ier en bronze doré, par Frémiet. *Edition Barbedienne.*

36 — Statuette en bronze doré de Jeanne d'Arc à cheval, par Frémiet. *Edition Barbedienne.*

37 — Statuette équestre de Boyard en bronze doré. *Edition Susse.*

38 — Arabe à cheval en bronze doré. *Edition Susse.*

39 — Statuette en bronze doré de Bonaparte en Egypte, par Jacquemart. *Edition Barbedienne.*

40 — Statuette en bronze patiné : « Le Lever de l'Aurore », par Dagonet. *Edition Houdebine.*

41 — Statuette en bronze patiné de Molière enfant, par Gaudez. *Edition Houdebine.*

42 — Statuette en bronze patiné de Mozart enfant. *Edition Houdebine.*

43 — Statuette en bronze patiné : Le Dernier verre de vin.

44 — Groupe en bronze doré : Les Adieux du Cosaque. *Edition Susse.*

45 — Groupe d'oursons en bronze doré. *Édition Susse.*

46 — Garniture de cheminée en bronze ciselé et doré, comprenant une pendule à rinceaux enrubannés, surmontée d'un vase et deux candélabres à six lumières. Style Louis XVI. *Maison Houdebine.*

47 — Garniture de cheminée en bronze patiné sur socles en marbre rouge à bas-reliefs, et comprenant : une statuette de Lully enfant et deux vases couverts. *Maison Houdebine.*

48 — Pendule en bronze ciselé, présentant un dragon soutenant le cadran.

49 — Paire de lampes en bronze patiné à bas-reliefs et figures d'amours. *Maison Barbedienne.*

50 — Paire de vases-balustres en bronze ciselé et décoré. Travail tonkinois.

51 — Paire de vases en ancien bronze niellé, à feuillage et oiseaux.

52 — Paire de vases en bronze ciselé et partiellement doré, ornés de fleurs et flanqués de mascarons.

53 — Paire de coupes en bronze patiné et doré, posant sur trois pieds-éléphants.

54 — Jardinière en bronze ciselé, posant sur pieds-éléphants. Travail japonais.

55 — Cache-pot de forme carrée en bronze ciselé et doré, orné de plaques en émail cloisonné à poissons. *Maison Christofle.*

56 — Paire d'appliques en bronze ciselé et doré, munies de cinq lumières. Style Louis XVI. *Maison Houdebine.*

57 — Galerie de foyer en bronze ciselé et doré, modèle à médaillons et vases. Style Louis XVI. Pelle et pincettes à manches en bronze ciselé et doré.

MEUBLES VARIÉS
SUPPORTS

58 — Important meuble-crédence en bois dur,
incrusté de nacre, composé de deux corps à
nombreux tiroirs et portes, et foncé d'une
glace.

59 — Autre meuble-crédence plus petit, de même
travail, muni de portes, étagères et casiers.

60 — Meuble-crédence, de forme pagode, muni
d'étagères et d'un petit coffre fermant par
une porte incrustée d'ivoire.

61 — Meuble-crédence formant, à la partie supé-
rieure, cabinet à quatre portes et deux tiroirs,
en bois dur incrusté de nacre, à paysages,
animaux et scènes diverses.

62 — Vitrine en bois dur sculpté et incrusté.
Travail chinois.

63 — Table à jeu en bois dur incrusté de nacre,
posant sur quatre pieds-griffes, à mascarons
de bronze.

64 — Deux tables à étagères en bois noir ajouré,
couvertes de marbre.

65 — Cinq colonnes en marbre rouge, ceinturées de bronze ciselé et doré.

66 — Quatre autres en marbre jaune à chapiteaux et bagues en bronze ciselé et doré.

67 — Deux autres en marbre rose veiné à chapiteaux et enroulement de feuillage en bronze ciselé et doré.

68 — Paire de colonnes en bois sculpté, ornées de dragons en bronze.

69 — Support à quatre colonnes cannelées en acajou, orné de moulures en cuivre.

70 — Support en bois de fer ajouré, couvert d'un marbre rouge et muni d'étagères et d'un coffre.

71 — Paire de socles en bois de fer à mascarons de chimères et pieds-griffes.

72 — Deux supports-colonnes à cannelures en poirier noirci.

Objets appartenant à Divers

TABLEAUX
AQUARELLES, GRAVURES

BOUGARD (Ch.)

73 — *Vue de Dinan.*

   — *Les Dunes.*

     Deux toiles se faisant pendant.

CADEL (Eugène)

74 — *L'Homme aux loups.*

   — *Le Vieux du Village.*

     Deux Eaux-fortes se faisant pendant.

ENGEL

75 à 77 — *Les Falaises à Varengeville.*

     — *La Ferme.*

     — *Paysage.*

     Trois toiles dans des cadres dorés.

GONDRY (J.)

78 — *Clair de lune sur la mer.*

     Toile signée à gauche en bas.

HAAN (de)

79 — *Sous bois.*

     Deux toiles se faisant pendant.

HAGUEMANS (M.)

80 — *Pâturage.*
Grande aquarelle signée à droite en bas.

JORDAENS (Ecole de)

81 — *Le Philosophe.*
Toile.

LE BRUN (Ecole de)

82 — *Descente de croix.*
Toile.

LEHMANN (Jacques)

83 — *Tête de chat.*
Aquarelle.

LE SÉNÉCHAL (G.)

84-85 — *Les Pêcheuses.*
— *Les Laveuses.*
Deux toiles dans des cadres dorés.

MARCOUX

86 — *Le petit Anier.*
Aquarelle.

ROUSSEAU (Genre de Th.)

87-88 — *Effet du soir.*
— *Paysage.*
Deux panneaux dans des cadres dorés.

VAN GENENGHEN

89 — *Natures mortes.*
Deux toiles se faisant pendant.

VAN DEN BERGHE (H.)

90 — *Toits rouges dans les arbres.*
Toile. Signée à droite en bas.

VERMEIRE (G.)

91 — *Vue de Hollande.*
Toile. Signée à gauche en bas.

VERMEIRE (G.)

92 — *Le Départ des Barques.*
Toile. Signée à droite en bas.

ECOLE HOLLANDAISE

93 — *La Bonne ménagère.*

INCONNU

94 — *Portrait de Van Dyck.*

95 — *La Femme à l'éventail.*
Gravures en couleurs.

96 — Lithographie encadrée : Cortège de femmes
grecques.

BRONZES — PENDULES

97 — Cheval en bronze, par P.-J. Mène.

98 — Levrette en bronze, par P.-J. Mène.

99 — Cerf en bronze, par P.-J. Mène.

100 — Sanglier en bronze, par Chemin.

101 — Petit lion en bronze, par Barye.

102 — Lion assis, en bronze, par Barye.

103 — Aigle en bronze, par Barye.

104 — Garniture de cheminée, présentant des personnages en porcelaine de Saxe parmi des buissons à fleurettes de même porcelaine, sur soubassements-rocailles en bronze ciselé et doré ; elle comprend : une pendule à cadran surélevé et deux flambeaux. Style Louis XV.

105 — Garniture de cheminée, modèle à vases en porcelaine gros bleu ornés de bronze, comprenant une pendule et deux candélabres à six lumières.

106 — Pendule ornée d'un groupe en marbre tendre, sur socle en bronze doré.

107 — Petite pendule en bronze ciselé et ajouré, de style gothique.

108 — Grande pendule en onyx et bronze, ornée d'une figurine d'Amour en bas-relief, flanquée de mufles de lions et surmontée d'un vase.

109 — Deux candélabres assortis, à mascarons, munis de douze lumières.

110 — Deux lampes assorties, à anses pomme de pin.

111 — Paire de candélabres en bronze ciselé et doré à rocailles, munis de six lumières. Style Louis XV.

112 — Paire de candélabres en bronze patiné à cinq lumières, posant sur pieds à lions et surmontés de figurines d'amour.

113 — Paire de chenets assortis.

114 — Deux paires de flambeaux en cuivre ciselé. Style Louis XVI.

115 — Deux flambeaux en bronze dépareillés.

116 — Paire d'appliques à trois lumières en bronze ciselé et doré. Style Louis XV.

117 — Lustre en bronze doré et ciselé, orné de pendeloques et plaquettes en cristal et orné de mascarons.

118 — Autre lustre en bronze ciselé et doré à couronnes et palmettes, orné de boules et rang de perles en cristal.

119 — Grande lanterne en bronze ciselé et doré, avec sa potence d'applique. Style Louis XVI.

120 — Suspension et sa lampe en cuivre poli et ciselé. *Maison Gagneau.*

121 — Suspension en cuivre montée au gaz.

122-123 — Quatre galeries de foyers en bronze ciselé et doré, de différents modèles. (Seront divisés.)

124 — Paire de vases en bronze et marbre.

125-126 — Lot de vases en bronze ciselé et en étain. (Sera divisé.)

MEUBLES ET SIÈGES
TAPIS — TENTURES

127 — Mobilier de salle à manger en chêne sculpté, comprenant : un buffet et un argentier, à hauteur d'appui, couverts de marbre cervelas, une table à trois allonges et douze chaises recouvertes de velours ciselé à palmettes. Style Louis XV.

128 — Mobillier de salle à manger en bois sculpté de style Renaissance, comprenant : un grand buffet à deux corps, un buffet d'angle, une desserte, une table à quatre allonges et douze chaises.

129 — Bahut Renaissance en chêne sculpté, orné de colonnes à chapiteaux et surmonté d'un fronton à rinceaux.

130 — Commode de forme ventrue en palissandre ciré, ornée de bronzes ciselés et dorés : entrées de serrures, poignées, chutes, sabots et cul-de-lampe, et couverte d'un marbre cervelas. Style Louis XV.

131 — Petit bureau de dame en noyer sculpté muni de trois tiroirs et surmonté d'une étagère à fond de glace.

132 — Petite vitrine à deux corps, assortie au meuble précédent.

133 — Casier à musique assorti.

134 — Bibliothèque en noyer sculpté, munie de deux portes à carreaux biseautés.

135 — Lit de milieu en bois sculpté et laqué gris, foncé de canne. Style Louis XVI.

136 — Table de milieu en bois marqueté, couverte d'un marbre gris. Travail anglais.

137 — Table-liseuse en acajou, à filets de cuivre, munie de deux tiroirs latéraux. Style Louis XVI.

138 — Petite table en marqueterie de bois de couleur, à cubes, munie de trois tiroirs. Style Louis XVI.

139 — Guéridon ovale en bois sculpté et doré à entrejambe canné, couvert d'une tablette d'onyx. Style Louis XVI.

140 — Guéridon ovale en bois laqué blanc, couvert de velours frappé vert.

141 — Guéridon rectangulaire en bois sculpté et doré, couvert de soie à rayures.

142 — Table-bureau en poirier noirci.

143 — Table à jeu en poirier noirci incrusté d'ivoire.

144 — Table à ouvrage en bois de placage.

145 — Ecran en bois sculpté et doré, feuille en cristal gravé.

146 — Paravent à trois feuilles en acajou, recouvert de soie verte à fleurs.

147 à 149 — Trois paravents couverts d'étoffes variées.

150 — Coffre à bois en poirier noirci, recouvert de cuir brun.

151 — Divan-coffre recouvert de drap rouge.

152 — Commode-toilette en poirier noirci.

153 — Chaise longue en bois sculpté, couverte de velours ciselé gris-bleu à couronnes et composée de trois parties : bergère, siège-marquise et pouf. Style Louis XV.

154 — Chaise longue en deux parties, couverte de velours frappé vieux rose.

155 — Chaise longue en deux parties, comprenant : une bergère à oreilles et un pouf, couverts de soie brochée à fleurs, sur fond crème.

156 — Petit canapé-gondole en bois sculpté et doré, foncé de canne et couvert d'un coussin de damas rouge, style Louis XVI.

157 — Grand fauteuil en bois naturel sculpté, à croisillon, couvert de damas vieux rose. Style Louis XIV.

158 — Six chaises en noyer sculpté à fonds de canne et dossier-médaillon. Style Louis XVI.

159 — Deux sièges à X en acajou, couvert de soie verte à fleurs.

160 — Tabouret de piano en bois noir, couvert de velours rouge.

161 — Grand tapis de Smyrne.

162 — Grand tapis de Smyrne, à décors noirs sur fond rouge.

163 — Carpette de style oriental, à dessins géométriques.

164-165 — Fort lot de rideaux et tentures en soierie, étoffe de fantaisie et drap. (Sera divisé.)

166 — Sous ce numéro. Mobilier courant. (Sera divisé.)

167 — Objets omis.

www.ingramcontent.com/pod-product-compliance
Lightning Source LLC
LaVergne TN
LVHW012125170726